A Clown Story.

A Clown Story

발행일   2015년 8월 3일

지은이   김 채 열
펴낸이   손 형 국
펴낸곳   (주)북랩
편집인   선일영   편집   서대종, 이소현, 이은지
디자인   이현수, 윤미리내, 임혜수   제작   박기성, 황동현, 구성우, 이탄석
마케팅   김회란, 박진관, 이희정, 김아름
출판등록   2004. 12. 1(제2012-000051호)
주소   서울시 금천구 가산디지털 1로 168, 우림라이온스밸리 B동 B113, 114호
홈페이지   www.book.co.kr
전화번호   (02)2026-5777   팩스   (02)2026-5747

ISBN   979-11-5585-693-2 03810(종이책)   979-11-5585-694-9 05810(전자책)

이 도서의 국립중앙도서관 출판예정도서목록(CIP)은 서지정보유통지원시스템 홈페이지(http://seoji.nl.go.kr)와
국가자료공동목록시스템(http://www.nl.go.kr/kolisnet)에서 이용하실 수 있습니다.
(CIP제어번호 : CIP2015020651)

———— 광대 이야기 ————

A Clown Story.

The 1st Letter, To Kidult

첫 번째 편지, 어른아이에게

김채열 지음

북랩 book Lab

The 1st Letter
To. Kidult

—

첫 번째 편지
어른아이에게

A Clown Story.
The 1st Letter, To. "Kidult"

'어른아이', 당신에게 한 가지 질문을 합니다. 당신은 언제부터 어른이었고, 언제까지 아이였나요? 누구나 한 번쯤은 해봤을 고민일 거라 생각합니다. 어린 누군가는 철들면 어른이라 하지만 어른들은 절대 철들지 않는다 합니다. 그럼 우린 평생 아이인걸까요? 또 고민하게 됩니다. 정해진 답이 없기에 끝없이 반복될 고민일 테죠. 어느 날은 내가 어른이 된 것 같다가, 또 어느 날은 여전히 어린아이 같습니다.

그런 제가 현재 시간과 위치에서 보고 들으며 생각한 그 문제의 답은 '인생'이 아닐까 합니다. 매정하게 멈추지 않고 흘러가는 시간 속에서 뜨겁게 불타올랐던 사랑 속에서도 조금씩 흑과 백이 드러나는 인간관계에서도 간절히 바라며 이루고픈 꿈 속에서도 언제인가부터 우린 '인생'이라는 단어를 입에 담습니다. "내 인생은 왜 이래.", "저 사람 성공한 인생이네." 등등 언젠가부터 '인생'을 입에 담습니다. 중,고등학생 때 시험을 망치고서 "내 인생 망했어~!!" 하며 가볍게 입에 담던 단어에서 그 의미에 대해서, 본인에게 적용될 모습에 대해 생각하고 고민하게 되는 그 무게를 느끼며 말이죠. 그래서 그때부터가 어른이 아닐까 합니다. 어리다고 인생이 없는 것은 아니지만요. 지금의 저는 그렇게 답을 내려두고 또 고민합니다. 그런 '인생'이라 표현하는 시간 속에서 우리는 사랑, 인연, 꿈 혹은 목표를 마주하고 우리는 수많은 고민과 생각, 상처를 가지고 웃고 울고 화내고 실패도 맛보며 멈추고 다시 걸어가기를 반복합니다. 그 속에서 가끔 위로가 필요한 순간이, 또 누군가와 함께하고픈 순간이 찾아옵니다. 기뻐서, 슬퍼서, 행복해서, 아파서…, 그 많은 순간을 누군가와 나누면 슬픔은 반이 되고 기쁨은 배가 된다는 것을 본능적으로 또 경험으로 알기 때문일 테죠.

거짓말 같지만 아픔, 고통, 슬픔, 고민, 걱정, 우울함을 누군가에게 말하게 되면 신기하게 절반은 가벼워집니다. 그리고 웃음, 희망, 행복, 기대, 설렘으로 조금씩 채워집니다. 누군가에게 말할 수 없을 땐, 우린 음악을 듣고 영화를 보거나 책을 읽습니다.

흐르는 노랫말에, 영화와 책 속 주인공에게 공감하며 그들을 통해 위로받기 때문에 그러지 않을까요.? 이 책 속 글도 당신의 마음 한 켠에 담아둔 마음에 공감과 위로가 되어 그 틈으로 웃음, 희망, 행복, 설렘이 채워지기를 바라며 써내려 갑니다.

가족, 친구들과 멀어졌던 시간. 그래서 어둡고 외로웠던 시간을 혼자 보내며 견디다 버티질 못하고 잘못된 선택도 했었던 사춘기. 그때 가졌던 꿈은 너무 부담이 되었고, 고집을 부려 원하는 건 모두 얻어내던 어린아이는 '나'를 포기하는 법을 배웠고 현실에 맞추어 꿈이라 말하며 항해사를 시작, 그렇게 나선 바다 위에서 찾아온 공허함과 외로움, 마음에 깊이 남은 상처와 아픔을 달래기 위해 우연히 그렸던 낙서가 A Clown Story의 시작입니다. A Clown Story, 광대 이야기는 그렇게 태어났습니다. "누군가에게 작은 위로가 되어주자, 그래서 나와 같은 아픔, 슬픔에서 그들을 잠시나마 웃게 해주자." 라는 목표와 함께 말이죠. 그 바람과 희망으로 그림을 그리고 글을 쓰고 사진도 담아왔습니다.

이 책을 읽는 동안에는 글 속 저와 이야기를 나누었으면 합니다. 책 속의 저, 그리고 당신 단둘뿐이니 아주 편하게 말입니다. 글 틈틈이 위로와 공감이 되었다면 다음 날 아침엔 좀 더 맑은 하루가 되길, 당신에게 작은 위로가 되길 바랍니다.

지금 당신의 마음에 귀 기울여 봅니다.

A Clown Story "The 1st Letter"
광대 이야기, 첫 번째 편지

'어른아이'에게

뒤돌아서 바라보면
가장 성숙한 모습을 한 지금

앞을 마주하고 바라보면
가장 어린 모습을 한 지금

앞으로도 수없이 반복될
울고 웃고 힘들고 지치고 행복하고
살아가며 느끼는 많은 감정들

가장 성숙하고
가장 어린 모습으로
가장 능숙하고
항상 처음처럼
그렇게 살아갈 테죠

살아온 날 중에 가장 성숙하고
살아갈 날 중에 가장 어린

어제의 나보다 성숙하며
내일의 나보다는 어린
오늘의 나니까

그런 '어른아이'의 모습으로
앞으로도 살아갈 테니까

그러니 당신의 오늘도
소중하게 살아주세요

더욱 성숙할 수 있도록
더욱 해맑을 수 있도록

더욱 마음이 넓어진 채로
더욱 마음이 순수한 채로

우린 그런 '어른아이'이니까

어제의 나보다는 지혜롭게
내일의 나보다는 자유롭게

어제의 나보다는 여유롭게
내일의 나보다는 즐겁게

그렇게 당신의 오늘을
소중하게 살아주세요

우린 그런 '어른아이'이니까

Time

—

**멈추지 않는 시간에
멈춰 선 사람들에게**

시간은 멈춰버린 우리를 기다려주지 않고
언제나 끝을 향해서 흘러간다.
그렇게 우리는 수많은 시간을 놓친 채
흘러보낸다.

시간은 금

시간은 흘러간다
그 방향이 어디로든
그 끝은 정해져 있다

누구에게나 하루의 시간은
똑같이 주어진다

하지만 끝은 모두가
다르게 주어진다

"시간은 금이다"

즉 빈부의 차이가 생긴다

그런 시간의 차이를 줄이려면
똑같이 주어지는 하루를
어떻게 사용하느냐에 달려 있다

누군가는 하루를 1년 같이 사용하고
또 누군가는 한 달을 하루 같이 사용하니 말이다

"시간은 금이다"

사람의 수명에도
빈부의 차가 생겨난다

끝, 그 곳에 서봐야만 확인되는
그 차이를 느끼기 전에 최대한 속을 채우길

나만의 시간

주변엔 행복이란 순간은 외면하고서
불행만 보고 시간을 탓하는 사람들이 많으니까

무언가 집중하고 빠져들고
위로 받으며 행복을 느끼는

자신만의 시간을 가지고 있단 것은
남에겐 없는 특별한 시간을 가지고 있는 거야

나만의 시간이 있는 사람들은
남들보다 특별한 시간을 가진
상당히 축복받은 사람들이야

여유

커피 한 잔의 여유

사진으로 무언가 담을 여유

음악을 들을 여유

창밖을 보는 여유

인사를 나누는 여유

걸어가는 여유

친구와 이야기할 여유

휴대폰을 보는 여유

'여유'란 게 모든 단어,
모든 문장 뒤에 붙이면 되는 거야

근데 사람들은 항상
"여유가 없어서"라고
핑계를 말하곤 해

항상 여유를 즐기면서 말이야

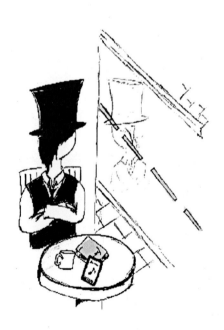

돌고 돌아 또 오늘, 다시 내일

매일 같을 수 없듯
매일 다를 수도 없는 것

늘 그냥 그렇듯
매번 다르고, 매번 같은 반복에 반복만

매일이 새롭고
매일이 익숙한

그랬던 어제를 지나, 그런 오늘에
그럴 내일을 기대하며

돌고 돌아서 또 돌아오는 그런
익숙하고도 낯선 아침에 오늘도 흘러갑니다

추억, 기억

사람들은 그렇게 살아가더라

'추억'이란,
바꿀 수 없고, 선택도 할 수 없어

'기억'이란,
바꾸어버리고, 선택할 수 있기에

추억에 머물고, 기억에 살아가더라

사람들은 살아가더라
그렇게 하루를

나만 아는 추억 속에서
남들에게 말하는 기억 안에서
사람들은 살아가더라

사람들은 그렇게

추억에 머물고, 기억에 살아가더라

맑음 때때로 흐림

맑음 때때로 흐림

흐림 때때로 맑음

사람들의 하늘은 어떤 하늘일까요?

언제나 맑을 수는 없는 걸까요?

화창한 날씨가 계속 이어져
따뜻하게 그럴 순 없을까요?

항상 해만 떠있다면

너무 뜨거워지지 않을까요
그렇게 나중엔 모두 화창한
기운 없이 말라버리진 않을까요

가끔은 흐리고 비도 내리고
가끔은 흐리고 바람도 불어야

그래야 살아가는 맛이 나지 않을까요?

아프고 흐리고 울어야 사람 아닐까요
사람이니까 아프고 울 수 있는 것 아닐까요

항상 흐리다면
항상 맑기만 하다면
다 그냥 그런 계절일 뿐

바람의 상쾌함도
비의 시원함도
눈의 따뜻함도
모르는 그냥 그런 계절일 뿐

저의 하늘은
"항상 맑음 때때로 흐림"입니다

지금 당신의 하늘은 어떤 하늘입니까?

예전에는

오래된 앨범을 열어 돌아보며
"예전에는…" 하고 그 시간 속에 잠기어

익숙했던 시간에
익숙했던 공간 속에
익숙했던 사람들과 함께

그 모두를 조금씩 다른 것들로 채워진 지금

"예전에는…" 하며 그리워합니다

익숙한 모든 것들이 그 곳엔 있어서
그리운 모든 것들이 그 안엔 있어서
조금은 낯선, 새로운 지금엔 없어서

다시 익숙한 그 모습들로
그 향기로 채워갑니다

지금이 더욱 그리워지도록

다시 "예전에는…" 하고 말하며
앨범을 넘길 그날까지

어느 날 문득 바라보니

언젠가 심어두었던 나무

내가 바라는 만큼 원하는 만큼
자라나지 않을 걸 알아서

내가 바라는 만큼 원하는 만큼
꽃이 피어나지 않을 걸 알아서

내가 바라는 만큼 원하는 만큼
향기가 나지 않을 걸 알아서

내가 바라는 만큼 원하는 만큼
그늘이 생기지 않을 걸 알아서

까맣게 잊은 채 그렇게 지냅니다

시간이 흘러 어느 날 문득 생각나
나무를 들여다봅니다

내가 바라는 만큼 원하는 만큼은
아니지만 충분히 자라나
어느새 내가 기댈 수 있게 되었습니다

내가 바라는 만큼 원하는 만큼은
아니지만 충분히 피어나서
어느새 아름다운 꽃이 피어났습니다

내가 바라는 만큼 원하는 만큼은
아니지만 충분히 피어나서
어느새 향기로운 향으로 품어줍니다

내가 바라는 만큼 원하는 만큼은
아니지만 충분히 자라나
어느새 편안함을 전해옵니다

내가 바라는 만큼은 아니지만
내가 원하는 만큼은 아니지만

나를 채우고 넘칠 만큼
충분히 자라나 있습니다

자신을 잊고 외면했던
제게 과분할 만큼 자라나 있습니다

어느 날 문득 바라보니

어느새 말이죠

새벽 소리

새벽을 향해 귀 기울이면

귀뚜라미가 우는 소리

바닷가에서 들려오는 파도 소리

지나는 자동차의 엔진 소리

누군가의 잠자는 코고는 소리

밝게 반짝이며 빛나는 별의 소리

새벽이 만들어내는 소리

세상 어떤 오케스트라보다 조화롭고
세상 어떤 소리보다 아름다운 음악

새벽이 전해 주는 새벽만이 들려 줄 수 있는

오직 단 하나의 음악

오직 단 한 번의 공연
매일 매일이 다른 선율로
매일 매일이 아름다운 음악

들어 보신 적 있나요?

세상 어떤 노래도 못해 주는
위로를 해 주는 신기한 악단입니다

새벽은 말이죠

TIME		CHANCE
1 Min'	=	60
1 Hour	=	3,600
1 Day	=	86,400
1 Week	=	604,800
1 Month	=	2,592,000
1 Year	=	31,536,000

기회 환산표

1분 60초

1시간 3,600초

1일 86,400초

1주일 604,000초

1개월 2,592,000초

1년 32,536,000초

커피를 타는 시간 1분

책을 읽는 시간 1시간
휴식과 일, 가족과 따뜻한 식사
애인과의 데이트를 하는 시간 하루

가까운 이웃나라 조금 먼 나라를 둘러보고
준비하던 프로젝트를 마치고
친구들과 여행하고 봉사를 다니고
알바 하며 보내는 방학이 지나는 시간 한 달

싹이 트고 꽃이 피고 꽃잎이 떨어지고 눈이 덮이는
흰 눈이 녹은 자리에 다시 눈이 덮이는 시간 1년

그 수많은 시간 속에 살아가는 우리

그 수많은 변명을 만들며 살아가는 우리

"미안해"
한 마디 하는 시간 1초

"고마워"
한 마디 하는 시간 1초

"사랑해"
한 마디 하는 시간 1초

우리는 수없이 주어지는 기회를 놓치고서
변명을 만들고 외면하며 다음을 기다린다

그냥 눈을 바라보고서
한 마디만 하면 되는데

그 짧지만 깊은 곳에서 나오는 한 마디,
내 마음을 전하는 시간 1초

어쩌면 변명을 만드는 것보다 쉬운 일인데 말입니다

그러니 상황 따지지 말고 눈치 보지 말고
계산하지 말고 아무것도 아닌 자존심 따지지 말고

당장 말하십시오
지금 이 순간은 한번뿐입니다

1초면 충분합니다

Now **=** **1**

OUTRO

Time

멈추지 않는 시간에
멈춰 선 사람들에게

흘려보낸 시간을 돌릴 수는 없지만 또 흘러
갈 시간을 후회하지 않을 순 있다.

그러니 또 놓치지 않길.
그러니 또 후회하지 않길.

시간은 기다려주지 않고 흘러가니까.

멈추지 않는 시간을 따라잡을 순 없지만
잠시 멈춰서 쉬었다가 또 걸으며
그렇게 완주는 할 수 있기를 바랍니다

남과 비교하면 치열하지만
알고 보면 경쟁자 없는 마라톤이니까요

몇 번을 쉬어도 멈추어도 완주만한다면
당신이 1등입니다

A Clown Story The 1st Letter
To Kidult... "Time"

Heart.

Love.

아시나요?

심장Heart 모양이 아닌,
사랑Love 모양을

마음 모양

'♡' 이렇게 생긴,
심장Heart 모양이 아닌

두근두근, 콩닥콩닥 뛰고 또 뛰는
'♡' 이렇게 생긴, 심장 모양이 아닌

마음의 모양
사랑의 모양을 아시나요?

기쁨, 슬픔, 설렘,
기대, 질투, 분노가 담겨진
사람이 가진 모든 감정을 담고 있는,
사랑의 모양을 아시나요?

두근두근,
콩닥콩닥,
빠담빠담
혼자서 뛰며 소리 내는 심장 말고

설렘의,
기대의,
기쁨의,
슬픔의
아름다운 연주를 하는 사랑의 모양을 아시나요?

여기저기 가시가 돋아나
그래서 품으면 품을수록 아픈,

너무 아파 외면하고 놔버리고 돌아서면
상처가 남아 품을 때보다 더 아파오는 그런

그런 사랑의 모양을 아시나요?

'♡' 이렇게 생긴, 심장Heart 모양 말고
이 세상에 존재하는 어떤 말로도 다 표현할 수 없는,
그런 수많은 것이 담겨진

사랑Love의 모양을 아시나요?

Love

언제나 '사랑'을 품고
살아가는 사람들에게

가슴이 차가운 사람은 없어.
심장은 36.5도의 피가 흐르는
항상 적당히 따뜻한 온도니까.

Love is

사랑이란 무엇일까요?

조심스레 말해봅니다

혼자서 하는 것도 사랑이고,
둘이서 하는 것도 사랑이고,
'여럿이서 하는 것도 사랑이다…' 라고

덧붙여 봅니다

기쁘다면 행복하다면 설렘이 있다면,
슬프다면 아프다면 눈물이 흐른다면,

그것이 사랑이라고

아파야 사랑이고 기뻐야 사랑이며,
행복해야 사랑하고 슬퍼야 사랑하며
설레야 사랑이고 화가 나야 사랑이며,
눈물이 있어야 사랑하고,
웃음이 머물러야 사랑한다 라고

제게 사랑은 그런 것입니다

당신에게 사랑은 무엇입니까?

Puzzle

퍼즐을 맞추어 본 적 있나요?

한 조각의 퍼즐을 맞추기 위해선
다른 네 부분을 맞춰 가야 하고
그 네 부분 중 한 부분을 맞춰가기 위해
또 다른 세 부분을 맞춰 주어야 합니다

그렇게 맞춰가고 맞춰가다 보면,
어느새 퍼즐 판은 채워지고 조각조각 맞춰갈 것들이 줄어듭니다

그리고 그렇게 맞춰가다 보면
어느새 아름다운 한 폭의 그림이 완성됩니다

가끔, 때론
조각들이 맞지 않아 포기하고 싶어지기도
한 조각의 시간이 길어져 지겨워지기도 합니다

그래도 참으며 그렇게 맞춰가다 보면
어느새 멋진 한 폭의 그림이 완성됩니다

연인이란,
한 사람은 퍼즐 판이고
또 한 사람이 퍼즐 조각이 아닙니다

연인은 '사랑'이란 퍼즐 판을 채우고 맞춰갈
퍼즐조각입니다

그렇게 서로를 위해 맞춰가고 맞춰지다 보면,
그 퍼즐은 어느새 완벽해질 테죠

포기하고 싶어져도 지겨워도 외면하지 말고 맞춰가세요
그럼 어느새 아름다운 연인의 모습이 되어 있을 테죠

하늘을 끌어안는 방법

하늘을 안으려면
하늘을 마주하고 누워야 하고

하늘을 안으려면
하늘을 향해 두 팔을 활짝 열어야 한다

땅을 안으려면
땅을 마주하기 위해 낮아져야 하고

땅을 안으려면
땅을 향해 온몸을 흙에 내던져야 한다

마주할 줄 아는 '배려' 깊은 사람

마음 열고 받아들이는 '이해심' 있는 사람

자신을 낮출 줄 아는 '겸손'한 사람

어디든 몸을 던질 '용기' 있는 사람

하늘을 안을 줄 알고,
땅을 안을 줄 아는 그런 사람
그런 사람의 품이 진짜 따스한 품 아닐까요?

그런 사람이 '욕심'이 아닌,
'사람'을 안아 줄 수 있지 않을까요?

고백, 어차피 후회한다면

후회엔 2가지 종류가 있습니다

첫 번째는 아무것도 못하고서 떠나지 않는
'뒤늦은 후회'

두 번째는 일단 하고 나서 자리 잡는
'미련 없는 후회'

첫 번째는 우리는 이런저런 고민에
생각으로 '계산'을 합니다

저 사람은 나를 좋아할까?

내가 싫으면 어떻게 하지?

고백했다가 거절 당하게 된다면?

혹 다른 누군가 그 사람과 잘 된다면?

이 답도 없는 고민과 생각, 걱정들과
그리고 수십, 수백, 수만 가지의 변명과 핑계,
이유를 만들죠

아직은, 지금은, 이것 때문에,
저것 때문에, 다음에, 등등
그러는 동안 그 생각들과 고민들은 자리를 잡습니다
머리속에서 마음 속 깊은 곳까지
그리고 시간이 지나 그들은 변해버립니다

'후회'란 이름으로
그리고 그 후회는 처음 만났지만
이미 머리속부터 마음 깊숙한 곳까지
자리를 하고 있습니다

조금만 더, 그때, 그랬더라면, 했더라면…
이런 모습들로 말이죠

두 번째는 생각과 고민을 하겠지만
생각 속, 마음속까지
자리잡을 시간을 주지 않죠

그리고 지금 가장 원하는 것들을
'마음 가는 대로' 따라갑니다

그 결과가 좋던 나쁘던 그런 건 상관없이 말이죠

그리고 그들은 '후회'란 이름으로 돌아와
나의 가장 옅은 곳 어딘가에 자리를 잡습니다

차라리, 하지 말걸, 조금만 더, 참아볼 걸,
하지만 그들은 결과를 마주함으로써 이내 떠나갑니다

때론 그 결과가 나빠 상처가 남는 경우가 있지만
그 상처의 깊이는 생각과 고민이
자리한 시간, 크기와 같습니다

가벼운 사람 혹 쉬운 사람이라는 누명을 쓰기도 합니다
하지만 이들도 충분히 고민하고 생각한 뒤
마음을 따른다는 것

하지만 그 누명을 씌운 사람들은 그럴 용기가 없어
시기와 질투 혹은 부러움
그 감정들을 부정적으로 나타내는 것일 뿐이죠

항상 누군가가 물어보면 같은 대답을 합니다
"어떤 결과를 마주하게 되더라도 일단 해 봐"라고…

그래야 후회와 미련이 안 남는다고
말하지 못 한 말 한 마디가 가슴에 품은 그 한 마디가
부치지 못 한 한 통의 편지가 더욱 깊고 오래 남아
지독한 독이 되어 자신을 망친다는 것을 알기에
그 고통이 얼마나 괴로운 것인지 알기에

어차피 후회하게 될 거라면
조금이라도 덜 아픈 것이 좋지 않겠는가?

나 혼자 하는 고민도 마음을 전함으로써
같이 하는 고민이 됩니다

그리고 이내 그 고민의 끝, 결론 혹 답을 마주합니다

그러니 고민하지 말고 마음을 전하길 바랍니다
상처가 남더라도 당신의 심장은 365도,
항상 따뜻하게 뛰며
계절이 돌 듯 당신의 마음도 다시 움직일 테니까

두려워 말고 일단 해보길 바랍니다

사람 : 사람의 감정 교류는
사람 : 사람이란 관계는
해보지 않고서는 모르는 것이기에

우리는 항상 모든 사람을 다른 자세로 마주하기에
다가가지 않고선, 마음을 전하지 않고선 모르는 일이죠

그러니 두려워 말고 일단 해보길 바랍니다
어떤 일이 일어날지는 직접 마주해보길 바랍니다
그 또한 경험이고 감정의 성숙함을 가져다 줄 테니

상처를 두려워 말고, 아픔을 무서워 말고
어차피 후회를 하게 될 거라면 일단 해보고 후회하자
일단 마음을 전하고 나면 어떻게든 될 테니 말이죠

사랑의 시작은,
아니 '사람 : 사람'의 교류의 시작은

마음을 전하는 것,

거기서부터 시작이니까

사랑 모양 II
남겨진 상처의 방향은 밖이 아닌 안으로

홀로 남겨진 상처의 방향은
다가올 밖이 아닌 흘러갈 안으로

사랑이 남기고 간 상처들을
추억 하나만 남겨두고서
아픈 상처들은 밖으로 세우지 않길

부디 찾아올 사람에게 세우지 않길
부디 다가올 사람에게 위로를 바라지 않길
부디 사랑할 사람에게 치료를 바라지 않길

부디 찾아온 사랑에 세우지 말길
부디 다가온 사랑에 보이지 않길
부디 행복해질 사랑에 위로 받지 않길

다가올 사랑을 안아 주기도 전에 다치지 않게
내게 남은 상처는 밖이 아닌 안으로

곁에 올 사랑을 안아 줄 수 있도록
남은 상처는 밖이 아닌 안으로 세우길

그 상처를 기억하길
같은 상처는 만들지 않도록

그 아픔을 기억하길
더 큰 아픔을 마주하지 않도록

그렇게 홀로 남겨진 상처의 방향은
다가올 밖이 아닌 흘러갈 안으로

서로에게 기대기

든든한 어깨 옆에선
표정만큼 흐뭇한 미소는 없을 것이다

기댈 수 있는 어깨를 가져야 하고
기댈 수 있게 자신을 낮출 줄 알아야 하고

양쪽 어깨엔 한 사람의 화장품과 눈물이 묻어나야 하고
언제나 든든하도록 쳐지지 않아야 하며
그 뒤편으로는 보내지 않아야 한다

힘든 걸 마주하고 담아 두지 말고
어깨에 기대어 공유하고 함께할 줄 알아야 하고

어깨에 다 기댄 뒤엔 옆이 아닌
앞에서 안아 줄 수 있어야 하고

축 쳐져 있는 어깨에 손을 올려 바라보며
밝은 미소로 웃어 줄 수 있어야 하며

그 뒤편, 시야의 사각에 숨는 것은 하지 말아야 한다

연인 간의 위치는 고개 돌려 눈이 닿는 곳
그 안에서가 가장 아름답다

서로의 어깨에 기댈 줄 아는 연인만큼
행복해 보이는 사랑은 없을 것이다

우산

빗물은 남자의 한 쪽 어깨를 적시고
꽃은 여자의 입가에 미소로 피어나더라

주룩주룩 흐르던 비도 슬픔을 내리던 비도
토독토독 상쾌하게 기쁨을 내리고

넓은 길 위, 작은 섬 하나에 내려
그 속에서 사랑을 피워주더라

빗물은 남자의 한 쪽 어깨를 적셔 주고
꽃은 여자의 입가에 미소로 피어나더라

슬프기만 하던 우울하기만 하던 비도
사랑에 빠지면 기쁨을 주고 상쾌하더라

햇빛 들지 않는 구름 속 차가운 빗줄기 안에서
그렇게 차가운 비 내리는 날에도 꽃은 피어나더라

빗물은 남자의 한 쪽 어깨를 적시고
꽃은 여자의 입가에 미소로 피어나더라

비밀

때로는 아름다운 모습으로
때로는 무서운 모습으로도

그렇게 서로를 가까이 당겼다가
또 그렇게 서로를 멀리 밀쳤다가

마치 자석처럼

자연스럽게 어느새
나도 모르게 그렇게

밀어내버린 사람들
끌어당긴 사람들이

'비밀'이란 게
사람 사이에서 자석처럼

서로를 자연스럽게 당기기도 했다가
어느새 서로를 밀어내기도 했다가

그런 자석 같은 비밀이 없는 사람
숨김 없이 지킬 수 있는 사람

그런 사람

원래 비밀이란 누구에게 말하는 순간
비밀이 아니니까

숨김 없이 지켜낼 수 있는 사람
그런 사람과 함께하길

약속

새끼손가락을 걸어도 되는 사람
'약속'의 의미를 아는 사람

'약속'
서로에게 돌아서지 않기 위해
손가락 걸고 묶는 마음의 매듭이더라

쉽게 풀릴 매듭은 안 묶는 게 좋고
쉽게 풀릴 매듭의 끈은 쉽게 끊어지기 마련이며

잘 묶은 매듭은 그 모습도 단정하고
어떤 걸 묶든 버틸 수 있는 힘이 생기더라

'약속'은 서로를 마주보기 위한
서로를 지켜주기 위한 매듭이더라

어느 하나 쉽게 풀어도 되는
어느 하나 쉽게 풀어지는
그런 대충이고 간단한 매듭은 세상엔 없더라

·

'약속'

등을 돌리지 않기 위한
마음의 매듭이더라

사소한 모든 것들에 등 돌리지 않는 사람
사소한 모든 것들부터 마주할 수 있는 그런 사람

새끼손가락을 걸어도 되는 그런 사람
그런 사람을 소중히 하길

눈이 닮아가는 사람

걸음걸이가 닮아가는 사랑
배려가 있는 사랑

말투가 닮아가는 사랑
소통이 있는 사랑

행동이 닮아가는 사랑
관심이 있는 사랑

모습이 닮아가는 사랑
이해가 있는 사랑

모두 노력하면 닮아갈 수 있는 사랑

'사랑해서 닮아간다'라 말하며
조금씩 서로의 모습, 행동에 익숙해지는

눈이 닮은 사랑
믿음이 있는 사랑

끝이 쉽게 보이지 않는 사랑

노력해서 닮아갈 수 없는 사랑
익숙해지기만 해서는 닮을 수 없는

눈이 닮은 사랑

같은 눈을 하고서, 같은 곳을 바라보며
같은 눈을 하고서, 서로의 마음을 보는

끝이 쉽게 보이지 않는 사랑

진짜 사랑해서 닮은 사랑이란 건
외형이나 행동 따위가 닮은 게 아닌

서로의 눈이 닮은 사랑이란 걸

진짜 사랑한다면 닮아간대
행동 말투 같은 것이 아니라

두 사람의 눈이

F&M.I.L.Y

엄마도 여자라
누군가에게 사랑 받고 싶은데
나이가 들고 자식이 커가면서 오랜 세월 함께한
남편이 아닌 제 손에 자란 자식들에게
사랑 받고픈 것이 엄마란 여자의 마음인데
자식 놈들 그것도 모르고 밖으로만 나가
엄마를 그저 집에 모셔두고 모른 척합니다

아빠도 남자라
누군가에게 관심 받고 싶은데
나이가 들고 자식이 커가면서 오랜 세월 함께한
부인이 아닌 제 손에 자란 자식들에게
관심 받고픈 것이 아빠란 남자의 마음인데
자식 놈들 그것도 모르고 밖으로만 나가
아빠를 그저 일터로 내몰아 세워둔 채 모른 척합니다

자식이란 놈들 제 여자 제 남자들에게는
흔히 사랑한다 말하며 수차례 헤어지면서
평생 헤어지지 않고서 함께해 주는 부모에게는
사랑한단 말 제대로 한번 전하지 못 합니다

자식이란 놈들은 부모가 되어서도
제 부모의 마음을 이해할 수 없을 테죠

집에서 살아갈 줄은 알아도 집의 소중함은 모르고
집이 있는 것이 당연하다 여기는 것이 자식들이고

밥을 만드는 법은 알아도 쌀을 키우는 방법은 모르고
쌀이 있는 게, 그냥 밥 먹는 게 당연하다 하는 것이 자식들이라

부모가 되는 법은 알아도 부모의 소중함은 모르고
부모가 있는 걸 당연히 여기는 것이 자식들의 못남입니다

더 늦기 전에 전하세요
그 어떤 말보다 그 어떤 행동보다도
크나큰 선물이 될 테니까요

부모는 어두운 땅에 묻힐 때까지
자신의 길보다 자식들의 길을 밝혀 주는 등불입니다

부모님은 그런 사람입니다

그런 부모님에게 든든하고 자랑스러운 사람이 되고 싶습니다
밖에서 자랑하고 뿌듯해 하는 사람이
부모님의 자식이라 자랑스럽고 행복한 사람이

세상에 나올 때부터 받은 사랑에
평생 갚지 못할 큰 사랑에
더 늦기 전에 전하고 싶습니다

감사합니다
그리고 사랑합니다

더 늦기 전에 전하세요
다음보다 지금이 그들을

가장 사랑할 수 있는 순간입니다

family
father&Mother
Ɗ...Ɛove you...

혼자, 함께

팔에 기대어 있던 시간을
그 사람의 무릎에 누워 보내고

홀로 올려다본 별들 위에
그 사람의 얼굴이 보이고

나를 위한 시간은 조금씩 줄어가지만
그 자리를 더 많은 시간으로 채워 주는

혼자의 시간을
혼자의 공간을

따뜻하게 채워 주는 사람

그런 사람
그런 사람과 함께이고 싶습니다

혼자의 공간에 활기를 불어 주는 사람

그런 사람과 미래를 그려가기를

지금 당신의 마음이 진짜 마지막이 맞나요?

지금 당신은 몇 번째 심장을 사용하고 있나요?

지금 당신은 몇 개의 심장을 찢고 상처 내 버렸나요?

지금 이 순간, 가장 사랑스런 기분으로
가장 사랑스런 눈을 하고서
가장 사랑하는 사람에게
사랑을 말하나요

지금 이 순간, 영원을 맹세하나요?
지금 당신은 당신의 영원을 걸고 맹세하나요
아니면 나중에 또 상처 내고 구멍 나고 찢어져 버릴
'마음'이라 말하는 심장의 영원을 걸고 맹세하나요

지금 당신은 몇 번째 '마음'에 사람을 담았나요?
지금 당신의 '마음'은 마지막이 맞나요?

지금 당신은 마음이 아닌 진짜 심장으로 말하고 있나요?
지금 당신은 진짜 "영원"을 맹세할 수 있습니까?

사랑한다면…
지금 당신이 가진 마음이 마지막이라 생각하세요

그 마음마저 찢기고 상처 내고 버려지면
다시는 사랑이란 감정을 느끼지 못하도록
진짜 마지막이 되도록 그렇게

지금 당신의 마음은 마지막이 맞나요?

사랑 모양 III
가시투성이 사랑, 그 속이 진짜 사랑입니다

가시투성이 사랑,
그 속이 진짜 사랑입니다

뾰족뾰족 가시투성이 사랑,
그 속이 진짜 사랑, 행복입니다

뾰족한 가시 때문에
품으면 품을수록 아픈 게 사랑

놔버리면 여기저기 구멍 나
더 아픈 것도 사랑

뾰족한 가시투성이인 사랑

그 속에서 두 사람만 걸을 때
누구도 가시 속으로 들어오지 못할 때

그 때가 진짜 사랑,
그 가시투성이 속이 사랑입니다

사람이 사랑을 품는 것이 아니라
사랑이 사람을 품어 줄 것입니다

억지로 품으려 다가가 가시에 찔리고
그래서 내려놔 구멍 나 아프지 않게

사랑이 품어, 그 속을 거닐 수 있는 것
그 때가 사랑입니다

누구도 가시 속으로 들어오지 못하게,
두 사람이 계속 함께 마주보고 걸을 수 있도록

그 사랑 모양 그 속에서,
날카롭게 세워진 가시 사이로 두 사람이 걸을 때가

뾰족뾰족 가시투성이 사랑,
그 속에서가 진짜 사랑입니다
나와 그 사람, 두 사람이 마주보고 걸을 수 있는,
단둘만의 공간, 그 속이 진짜 사랑입니다

그래서 사랑 모양은
날카로운 가시투성이입니다

사랑하는 사람들을 품어, 지켜주려고 말이죠…

O U T R O

Love

—

언제나 '사랑'을 품고
살아가는 사람들에게

그러니까 차가워진 심장이라 생각하지 마.
너무 아팠던 시간에 잠시 쉬는 중인 거야.

쏟아냈던 마음을 다시 채우는 중인 거야.

심장이 차가워. 마음이 얼어 버린 게 아니라
너무 사랑해서 마음 가득 다 쏟아내
다시 채우느라 잠깐 시간이 필요한 거야.

네 심장은. 마음은 아직 따뜻하니까.
지금까지도 아직까지도 앞으로도 계속

사랑이란 감정은 언제나 변합니다
그런 감정이 영원하기를 바라지 마십시오

다만 언제 변할지 모르는 그 마음을 불안해하기보단
언제 올지 모르는 그 어느 날을 걱정하기보단
지금 눈앞에 있는 사랑하는 사람과
'지금'을 열심히 사랑하길 바랍니다

적어도 '지금'은 서로 '진심'일 테니까요

A Clown Story···The 1st Letter
To Kidult... "Love"

하루를 흐르는 시계의 바늘은
하루에 24번 하나가 되고
하루에 24번 서로 등을 진다

그런 시간 속을 살아가는 사람들은
서로 몇 번이고 하나가 되고
서로 몇 번이고 등을 진다

그러니 등진 사람에 서운해 말고
다시 마주칠 하나가 될 사람에 기대하길

조금씩 가까워지는 설렘도
조금씩 멀어지는 서운함도

당신의 시간 속에서 수없이 반복될 테니

그렇게 시간 속을 살아가길

당신과 마주치고 스쳐갈
사람들을 마주하며 그렇게

그렇게 마주하길

Vis-a-Vis

·—·

'사람 : 사람' 세상에서 가장 어려운
고민을 마주한 사람들에게

마주하지 않고서는
내 모습조차 바라볼 수 없다.

```사람、삶、삵、삶...
```

사람, 삶

그 사람을 보여 주는 한 단어
삶

어떤 사람인지
어떤 시간을 보냈는지
어떤 인연을 마주했는지
어떤 상처를 새겼는지

그 모두를 보여 주는
그 사람만의 인생 선

삶

그런 사람, 삶을
사람, 삶으로서 마주하기

첫 번째 인연
관심

모든 매듭이 그러하듯

시작은 서로에게 다가가는 것

작은 관심을 가지고 다가가는 것

그렇게 작은 교차가 이루어지는 것

모든 인연은 작은 관심,

거기서부터가 시작입니다

두 번째 인연
기억 혹은 추억

서로에게 자연스럽게 묶인 매듭

당기면 더욱 조여지고
벗어나려 하면 더욱 꽉 조여지는

그런 평범한 매듭

누군가에겐 단단하고 든든한 버팀이 되는 것

또 누군가에겐 풀리지 않아 힘들어지는 것

인연이 만들어 준,
또 그런 인연이 남겨둔
기억 혹은 추억은

세 번째 인연
이별

일방적인 방향이라면
너무 쉽게 풀어져버리는 매듭

처음부터 끝을 보고서 묶여버린
풀어질 준비를 한 채로 묶여버린

사람이 아닌
시간이 묶여 있는 매듭

네 번째 인연
유대

끊어져도 풀리지 않는
어딘가 끊어져도 혼자가 아닌

여전히 묶여 나아가는
여전히 함께 나아가는

수많은 매듭을 엮어 온

그만큼 수많은 기억, 추억이 있는
그런 매듭

시간이 아닌
사람이 묶인 매듭

다섯 번째 인연
믿음 혹은 가식

한 쪽은 단단하게 묶인 것
또 한 쪽은 언제든 쉽게 풀리도록 묶인 척하는 것

그렇게 서로 묶인 채 떨어지지 않을 듯
그렇게 서로 그냥 쉽게 풀어져버리는

한 쪽은 단단히 묶여 있는 채
또 한 쪽은 여전히 자유로운 모습으로

상대를 믿는 쪽은 단단히 묶어 버리고
혼자 묶여버린 매듭을 풀기 위해 힘을 써야 하고

상대를 경계한 쪽은 묶인 척
혼자 묶여 있는 매듭을 남겨두고 끝을 지나가고

믿음으로 다가간 쪽도

의심과 경계를 포장하여
가식으로 다가간 쪽도

누구 하나 잘못이 없는 그런 매듭의 엇갈림

상대방을 믿는 것도,
상대방을 경계하는 것도

누구 하나 잘못이 없는 슬픈 그런 인연

여섯 번째 인연
인연의 고리

좋은 인연이든

나쁜 인연이든

그렇게 수없이 많은 인연들을

엮고 또 엮어가는 사람들

끊어지고 남겨지고 나아가고를

수없이 반복하고 또 반복하는 사람들

그렇게 멈출 때까지 멈추지 않고

또 엮고 엮이며 나아가는 사람들

그런 수많은 인연 속에 살아가는 사람들

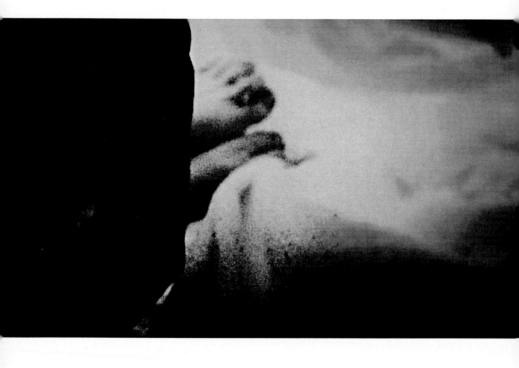

익숙함에 말하죠,
"원래 그래"

익숙함은 사람을 마주함에 있어
치명적 오류가 아닐까

날 보는 타인의 시선을 다른 곳으로 돌리고
다른 곳에 있는 타인의 시선을 내게 돌리는

타인의 생각을 내 생각으로 판단해버리는
그런 '기준'을 만들어 주는 오류가 아닐까

그렇게 자신이 만들어둔 기준으로 마주하고

기준에서 벗어나면 오해하고, 갈등이 생겨나고
서로를 이해하지 못하고 등을 돌리고 외면하고

그렇게 사람들은 자신의 사람을 등지고서
자신이 만든 치명적 오류를 범하며 말한다

"괜찮아, 개 원래 그래"라고…

익숙함에 말하죠,
"그랬었잖아…"Story I

익숙하단 것은
아직 모두 다 알고 있단 것은 아니다

그러니 다 안다고 방심하는 순간
늘 크나큰 오해가 생겨나고

그러니 다 안다고 방심하는 순간
늘 가슴 아픈 그런 시간을 마주한다

익숙하단 것은
아직 모두 다 알고 있단 것은 아니다

그런데도 사람들은
"그랬었잖아…"라고 말하며 다 아는 듯

자신만의 상대방으로 마주한 사람을 그려가고 있다

익숙하단 것은
아직 모두 다 알고 있단 것은 아니다

익숙함에 말하죠,
"그랬었잖아…"Story II

더욱 가까워질수록
더욱 알아갈수록

더 많은 모습이 아닌
지나온 모습만 보게 되는

그런 눈가리개가 되어버리는

가까워질수록 못 보고 못 듣는 게 많아지는

그렇게 알아온 늘 그런 지난 날과
맞이할 앞으로의 날이 비슷한 모습인

그런 익숙함으로 살아가는 사람들

"그랬었잖아"라고 말하며

좀 더 달라진 모습은 좀 더 많은 모습은 외면하고서
지난 모습으로, 지난 기억으로

익숙한 눈가리개로 눈을 가리고서

그렇게 지나온 날과 같은 모습들로
앞으로의 날을 그려간다

가까워질수록 더 어두운
눈가리개가 되어버리는

달달함보다 따끔하고 무서운

별 위로 되지 않는 위로와 웃음으로

내 어깨 뒤에서 전해오는
달달하고 따뜻한 말보다

큰 위로가 되는 위로와 눈빛으로

내 얼굴 앞에서 내뱉어오는
따끔하고 무서운 말이 좋다

달달하고 따뜻하게 말해 주는
거짓된 사람들보다

따끔하고 무섭게 날 감싸 주는
진실된 사람들이 좋다

그런 사람이 되고 싶습니다

뒤에서 거짓으로 감싸 주는 사람이 아닌
앞에서 진실되게 마주하고 품어 주는

그런 사람이,

그런 사람으로 사람들을 마주하고 싶습니다

있잖아, 사실 나…

만들어진 책상 위가 아닌
비밀을 숨겨둔 서랍 속을 보여 주고픈 사람

나의 겉을 아는 척하는 사람이 아닌
나의 속까지도 알아봐 주는 사람

그런 사람들에 물들며 살아가고 싶다

고민, 걱정, 기쁨, 슬픔 모두를

"있잖아, 사실 나…"라고 운을 떼며
서랍 속 숨겨둔 이야기를 꺼내 나누며 그렇게

그런 사람들의 따뜻한 색에 물들어가고 싶다

그런 사람들과 함께인 삶에 익숙해지고 싶다

혼자 끙끙 앓는 외로운 하루가 아닌
함께 웃고, 우는 하루에 익숙해지고 싶다

친구

1000km의 거리가 1m 마주한 듯한 기분

1년의 공백의 시간도 매일 본 듯한 기분

멀리 떨어져 있어도 곁인 듯 든든한

오랫동안 떨어져 있어도 어색하지 않은

웃고 있을 땐, 함께 웃어 주는 사람

울고 있을 땐, 웃으라며 어깨를 빌려 주는 사람

나와 너무나 닮아 버린 사람

남이라고 하기엔 너무 가까운,

또 다른 형제

그런 사람을 우린
'친구'
라고 부릅니다

후회 없이

단 1초를 마주해도

단 10초를 생각해도

단 1분을 함께해도

단 10분을 살아가도

1초, 10초, 10분도, 1시간도

1년만큼, 10년만큼의 가치를 두고, 의미를 가지고

진심되게 살아가기, 마주하기

후회 없이 살아가기, 마주하기

끝이 어딘지 모르는 모두에게
남은 시간이 많이 있는 게 아닐 테니까

후회 없이 진심되게 멋지고 아름답게 살아가기

그렇게 함께하기
그렇게 마주하기

초심
'능숙하지만 처음처럼'

넘어지는 것,
그리고 다시 일어서는 것

떨어지는 것,
그리고 바닥부터 다시 오르는 것

무너지는 것,
그리고 처음부터 다시 쌓아 올리는 것

미친 듯 슬픈 것,
그리고 시간 지나 다시 웃는 것

죽고 싶을 만큼 힘든 세상을 마주하는 것,
그리고 다시 살고 싶은 세상을 찾는 것

그런 앞으로에 익숙해지는 것,
그때마다 주저하고 멈추지 않도록 능숙해질 것

앞으로 수없이 반복될 순간들에
능숙하게 버틸 것, 익숙해질 것

그렇게 하루를 소중하게 보낼 것

익숙함에 능숙하지만 늘 처음처럼 새롭게

그렇게 또 밝아오는 하루를 마주할 것

어떤 가면

외출 전엔 늘 고민하곤 합니다

뭘 입어야 할지
머린 괜찮은지
무엇을 할지

그리고 어떤 표정의 가면을 챙겨 다닐지

그렇게 사람들을 마주합니다

웃는 표정의 가면을 쓰고서,
슬픈 표정의 가면을 쓰고서

이런 저런 표정의 가면을 쓰고서,
있지도 않는 표정을 꺼내가며 그렇게 마주합니다

사람들은 그 가면을 '가식'이라 부릅니다

늘 마음에 없는 웃음을 지어 보이고
늘 마음에 없는 슬픔을 꺼내 보이고
늘 공감 없는 공감으로 맞춰가며
늘 그렇게 가면을 쓰고 마주합니다

그런 사람이고 싶습니다

가면을 쓰지 않는 사람이
솔직한 표정 내 얼굴로 마주하는
거짓이 아닌 진짜 내 표정으로 마주하는 사람이

가면 대 가면이 아닌 얼굴 대 얼굴로 대화하고픈 사람이

표정이 아닌 눈을 보며 대화하고픈 그런 사람이

그런 사람이고 싶습니다

오늘도 고민합니다
어떤 표정이 나타날까 설렘에 기대합니다

그런 사람이고 싶습니다
거짓 아닌 솔직한 모습으로 살아가는

지금 당신은 가면을 쓰고서 밖을 나서나요,
아니면 당신의 표정으로 마음을 비추며 밖을 나서나요?

당신의 하루 속에 모두를 어떤 모습으로 마주하나요?

Face, 그 얼굴을 마주하기

웃고 있는 얼굴인가, 울고 있는 얼굴인가
그걸 결정하는 건 입모양이 아니야

좋아서 흐르는 눈물인지 슬픔을 감추기 위한 웃음인지
그걸 결정하는 건 눈빛이 아니야

그를 결정하는 건 그 표정을 바라보고 있는 내 눈이지

내 맘대로 그 사람을 행복하게 만들어 주고
그 만들어진 얼굴과 함께 행복하려 하고

내 맘대로 그 사람을 슬퍼하게 만들어두고
만들어진 슬픔을 되지 않는 위로로 옆에 있으려 하고

내 맘대로 그 사람을 만들어가
내가 원하는 만큼 그 표정을 그려가지

변한다는 건 그 사람이 아닌
그 사람을 만들어가는 내 생각, 마음이고

변한 건 진짜 변해버린 건
그 사람을 바라보고 있는 내 시선이야

그러니 우린 실수하고 있는 거야
멋대로 만들어내고 멋대로 바라고 있으니까
그 사람의 표정을 자신에게 맞추고 있으니까

눈앞에 사람이 소중하다면
보고픈 표정이 아닌,
보여 주고픈 표정을 끌어내도록
서로 자신의 표정을 나타내고 마주하도록

그렇게 가면이 아닌 얼굴로 사람을 마주하기

거울에 비친 내 모습도
나와 마주보고 있는 사람들도
마주하지 않으면 알 수 없다

그저 상상만으로 그려야 할 뿐
그저 생각만으로 오해할 뿐
그저 숨어야 할 뿐

마주하지 않으면
아무것도 알 수 없다

OUTRO

Vis-a-Vis

·—·

'사람 : 사람' 세상에서 가장 어려운
고민을 마주한 사람들에게

내게 좋은 사람이든, 나쁜 사람이든
그 흑과 백을 구분하려면 일단은 마주하세요

내게 나쁘던 사람이 좋은 사람이 될 수도 있고,
내게 좋은 사람이 천적이 될 수도 있습니다
그러니 우선 마주하세요

내가 좋아하는 사람과 내게 좋은 사람은 다릅니다
나를 좋아하는 사람과 내가 필요한 사람은 다릅니다
그런 복잡한 사람관계의 답은 힘들어도 마주하기입니다

그렇게 찾아가길 바랍니다
곁에 머물 사람과 곁을 떠날 사람
곁에서 지켜줄 사람과 다가가지 말아야 할 사람을

A Clown Story···The 1st Letter
To Kidult... "Vis −a− Vis"

지금 당신에겐 꿈이 있나요?
마지막으로 가졌던 꿈은 무엇인가요?

어릴 땐, 줄곧 잘 말합니다
무엇이 되고픈지 무엇을 하고픈지

시간이 흐를수록 마음을 따라 움직이는 날이
조금씩 줄어듭니다

어릴 때 꿈꾸던 삶은 어젯밤 꿈처럼
현실 속에 잊혀진 채 꿈 없이 긴긴 시간을 보냅니다

어른이 되어버린 지금,
당신은 당신이 꾸던 꿈, 그 모습 속에 살아가나요?

주변 신경 쓰지 않고 좇아 보고픈
오래 전부터 꿈꾸던, 간직해오던
그런 당신만의 로망, 꿈이 아직 남아 있나요?

지금 당신은 간직했던 꿈을 잃었나요
지금 당신은 새로운 꿈을 꾸나요
지금 당신은 또 다른 꿈을 찾나요
지금 당신은 간절한 꿈을 좇나요
혹 지금 당신은 꿈꾸던 꿈, 그 속에 살아가나요

**어른이 되어버린 지금
당신의 꿈은 무엇인가요?**

Dream

·——·

간직했던, 잃어버린 '꿈'을
찾는 사람들에게

잊힐 거야.
어젯밤 꿈처럼…

경험

비바람을 버틴 나무가
더 튼튼하고 푸른 법

주어진 모든 일이 경험이 되니
힘들어도 지쳐도 조금만 버틸 것

그럼 언젠가 튼튼하고 푸른 나무로 자라나 있을 테니까

그 나무에 기대어 편안하게
나무 그늘 아래에서 시원하게

그런 좋은 날이 반드시 올 테니까

틀

네모를 하나 그리고

그 속에 네가 생각하는
네가 틀 안에 가두었다고
생각하는 것들을 적어봐

그리고 그 밖에 딱 4개,
각 면에 하나씩
네가 가두고 싶은 것들을 적어봐

그럼 그 4개를 또 가둘 때까지는
아프고 웃고 그럴 거야

그 4개가 현재 네 위치에서의
네 목표고 살아갈 즐거움인 거지

아픈 이유는 밖에 있는 4개가 아니라
이미 '내 것'이라고 가둬둔 그 애들을
밖으로 나가지 못하게 지켜야 하기 때문이지

그래서 아픈 거지만
그 네모를 조금씩 조금씩 더 늘려 가는 거지

아프겠지만 살아갈 목표와 즐거움은 잃지 않을 거야

그렇게 내일 하루도
다음달도 내년도
5년 후도 10년 후도
즐길 수 있을 거야

팁을 주자면 목표란 게 거창할 필요도 없고
"겨우 그거?" 하며 남들이 무시해도 상관없어

아주 아주 사소하고 간단하지만

내가 이루고픈 것
내가 하고픈 것

그게 진짜 목표고 즐거움이니까

조급함

욕심은 과하지 않다면 좋은데
언제나 그 욕심을 채우려는 조급함이 문제지

적당한 욕심은
다른 말로 하면 '목표'가 되니까

대신 너무 빠르게 급하게
그 목표에 다가가면
빠르게 다가간 만큼
빠르게 무너지기 마련이니까

목표에 도달하는 것은
집 짓듯 천천히 튼튼하게
천천히 쌓아올려 다가가야 해

그래야 쉽게 무너지지 않으니까

조급함에 취하지만 않는다면
욕심을 가지라고 추천하고 싶네

욕심은, 목표는 의욕을 데려오니까

충전

잠깐 쉰다고
하늘이 무너지지도
땅이 꺼지지도 않고

로봇도 충전이 되어야 움직입니다

하물며 감정을 다루는 사람이
무리해서 살아갈 필요는 없죠

힘들면 잠깐 쉬고 기대고
그렇게

쉴 줄 아는 사람이 일할 줄도 아는 법

당신에게
힘내란 말은 못하겠지만

무리해서 몸을 부수진 마요
곧 괜찮아질 테니까

꿈 = 목표

며칠이 지나면 잊혀지는
어젯밤 꿈처럼

자신의 꿈도 계속 생각하지 않으면
언젠가 연기처럼 사라지지 않겠는가?

그냥 방치해둔 꿈이라면
핑계와 타협, 포기란 말과 함께

그러니 계속 기억해내고 말하지 않으면
연기처럼 사라지지 않겠는가?
계속 말하고 기억해낸다면
정말 될 거란 가능성이 보이지 않을까

그래서 자신의 목표를
'꿈'이라고 표현하는 것이 아닐까?

난

아직도 난 ＿＿＿＿＿＿＿＿＿

여전히 난 ＿＿＿＿＿＿＿＿＿

그래서 난 ＿＿＿＿＿＿＿＿＿

하지만 난 ＿＿＿＿＿＿＿＿＿

그래도 난 ＿＿＿＿＿＿＿＿＿

앞으로 난 ＿＿＿＿＿＿＿＿＿

그러니 난 ＿＿＿＿＿＿＿＿＿

난 ＿＿＿＿＿＿＿＿＿

100원짜리

만 원짜리 오만 원짜리 지폐로는
10원짜리 100원짜리 동전을
자를 수도 부술 수도 없지만

10원짜리 100원짜리 동전으로는
만 원짜리 오만 원짜리 지폐를
찢고 구기고 부술 수 있다

남들이 무시하는 100원짜리
꿈을 가지고 살아가더라도

허황된 오만 원짜리 꿈보다
훨씬 튼튼하고 단단하고

그들의 모인 소리마저도 아름답다

작다고 소소하다고
약하고 작아지는 게 아니다

**작아도 소소해도
믿고 나아간다면 근사한 게
자신의 꿈이다**

**그게 자신의 길이라 생각한다
그게 나아갈 길이라고 생각한다**

Don't Forgot

Don't Forgot

잊지 마세요

누구인지

무엇을 원하는지

어디로 향해 걸어가고 있는지

당신은 할 수 있습니다

언제나 당신을 믿습니다

잊지 마세요

당신의 꿈을

그리고 당신을 지켜 주며 믿어 주는
항상 응원해 주는 든든한 사람들이

당신의 곁에 있다는 것을

Doris Lennox.

줄 따라

끝이 어딘지 모르는 줄을
당기는 것보다 줄 따라 다가가는 것이 더욱

끝엔 무엇이 있을지 모르는 줄을
당기는 것보단 줄 따라 걸어가는 것이 더욱

힘들여 당기며 다가오길 기다리기보단
힘들어도 걸으며 다가가는 것이 더욱

뭐가 올지 언제 끝일지 두려워하는 것보단
뭐가 있을지 어디까지일지 설레는 것이 더욱

기다리게 하는 것보단
먼저 다가가보는 것이 더욱

그게 더 쉬운 일이 아닌가
그게 더 즐겁지 않을까

줄을 당겨 가까워지는 것보단
줄 따라 걸으며 가까워지는 것이 더욱

그렇게 꿈이 이루어지길 기다리는 것보단
먼저 걸으며 꿈에 가까워지는 것이
더욱 즐겁지 않을까?

내 꿈

자신이 가진 것은 보지 못한 채
자신이 없는 것만 탓하고 바란다

그렇게 자신이 가진 꿈은 보지 못하고
그저 남들이 가진 꿈을 따라 꿈꾸고 바라본다

그렇게 시간을 보낸다

앞을 보기 전에 먼저 자신을 바라볼 것
자신을 본 뒤엔 자신이 가진 것을 볼 것

남들이 가진 것을 따라가지 말 것

내가 가진 꿈이 더욱 빛나고 아름답단 것을 기억하길
내가 가진 꿈이 더욱 내게 어울린다는 것을 기억하길

그렇게 남을 따라서가 아닌,
내 꿈을 꿀 수 있길 바란다

멈춰서기

앞으로 한 걸음
멈춰있다면 용기 내어

뒤로 한 걸음
너무 달리기만 했다면

멈춰서기
어딘지도 어디로 가야 할지도
아무것도 모르겠다면

주위를 둘러보면 이정표도 신호등도
멈춰선 너를 위해서 있을 테니까

모르겠다면 용기 내어
잠깐 멈춰서기

두 발로 걸으며

난 언제나 내 두 발로 나아가며

난 언제나 누군가에게
"끌려가는 중"이라고 그렇게

그렇게 언제나 '핑계'를 말합니다

그렇게 언제나 '변명'을 합니다

난 언제나 내 두 발로 걸으며 말이죠

지금 당신은 끌려가는 중인가요
걸어가는 중인가요

당신의 꿈 위에서

Ending

끝을 안다는 건, 다음이 없다는 것

해피 엔딩만 그린다는 건,
슬픔을 맞이할 준비가 안 됐다는 것

새드 엔딩을 그린다는 건,
다가올 행복을 외면하고 있다는 것

끝이 정해져 있다는 건
헤어질 준비를 해야 하는 연인처럼,
아쉬움만 남고 걸음이 무거워지는 것

잘 자라는 입맞춤의 해피 엔딩 뒤에도,
깜깜하고 기나긴 어두운 밤이 오고
외로이 눈물로 보낸 새드 엔딩 뒤에도,
아침의 따뜻한 햇살은 밝아온다

사람이란 스토리에는 엔딩보다는
다음이 이어지는 것이, 기대되는 것이
더 완벽한 결말이 아닐까

"The End" 거기서 끝보다는
"아직 다음이 남아있으니 기대하세요"
그게 더 즐겁지 않을까

살아있다면 살아간다면 끝은 없으니까

OUTRO

Dream

—

**간직했던, 잃어버린 '꿈'을
찾는 사람들에게**

어느 날 갑자기 신기할 테지.
그렇게 이루어질 거야.
데자뷔처럼.

매일 밤 꿈을 꾸지 않듯
항상 꿈이 있을 수는 없지만

악몽도 길몽도 선택할 수 없는
매일 밤 잠자리에서 만나는 꿈과는 다르게

'인생'을 두고서 꾸는 꿈은
스스로 선택할 수 있는 거니까

그리고 드문드문 일어나는 데자뷔가 아닌
내가 노력한 만큼 분명히 마주하는
100%의 데자뷔니까

아무리 소소하고 작은 꿈이라도
가지는 것이 좋지 않을까요?

A Clown Story···The 1st Letter
To Kidult... "Dream"

아파하고 힘들어하고
상처받고 혹은 상처를 주고
신경 쓰고 걱정하고 고민하고

그렇게 많은 시간을 우리는
'행복'의 뒤편, 그 속에서 보낸다

그렇게 잠시 후…, 하루…
그렇게 한 달…, 1년…, 10년…

시간이 지나면 잊혀지고 무뎌지고
또 어느 날 문득 다시 떠오르고

그렇게 우리는 '행복'의 뒤편,
그 속에서 '위로'받으며 시간을 보낸다

우리는 그렇게 위로를 받는다

'행복'의 뒤편에서,

'행복'을 찾으며

INTRO

Life

———•———

삶에 지친 사람들에게

태양을 마주보고 선
무지개를 볼 수 없다.

성장통

그런 날이 있어

조금씩 이상해지는 것 같고
그런 날이 반복되다 보면

어느 날 불현듯 찾아오는 질문

"나는 왜 이렇지…?" 하는…

어른아이로서 겪는 성장통이야
육체가 아닌 정신이 자라는 성장통

무릎이 팔목이 어깨가 아픈 게 아닌
마음이 허해지고
머리가 아플 만큼 답 없는 고민이 맴도는

어른아이로서 겪는 성장통

그러니 조금 더 성숙해질 자신을 기대하며
그 고민도 공허함도 즐겨보길

그냥 대화

그냥 우울해질 때
그럴 땐 그냥
아무나 붙잡고 대화할 것
의지하는 가족, 친구, 애인이면 더 좋아

왜 우울한지 그런 대화가 아닌
그냥 일상적인 대화

우울함에 머물지 말고
아무 일 없는 듯 무심하게 돌아가는
일상 속에서 머물기

그러다 일상에 기울면
그땐 털어 놓고 싶은 이야기를 털어 놓기

그러고 나면 신기하게도
반 이상은 해결된 듯 후련해질 거야

그냥 털어만 놔도
해결되지 않아도

반 이상은 말야

Q & A

난 고민이 많을 땐 그 고민들을 적어봐
쓸데없이 사소한 고민부터
남에게 들려주기 무거운 고민까지 모두 다

그리고 다시 그 고민들에 댓글을 남기듯 나름의 해결책을 써
간단한 고민들은 아주 간단하게 적고 해결돼 버려

그러다 보면 어느새 무거운 고민들만 남더라고
그럼 순서를 정해서 하나씩 고민하는 거지

너무 많은 고민을 동시에 처리하기엔
머리만 아프고 아무 해결과 답도 없이
이것저것 오락가락 정신만 없으니까

그러다 보면 무거운 고민들도
어느새 단순한 고민들만큼 단순해지더라고

그렇게 조금씩 조금씩 시간이 지나다 보니
어느 날엔 고민이 없는 날이 있더라고

정신없이 산더미처럼 고민이 쌓였을 때
난 그렇게 고민들을 해결해

변화

언제가 "내가 변했구나" 하고 느낀 적 있어?

처음엔 변화에 쓸쓸하고
때론 변화의 끝이 어떨까 기대도 설렘도
걱정도 두려움도
그래서 변화를 느낄 땐 복잡하고 혼란스럽더니

언제부턴가 변화를 즐기더라고

그 바뀌는 시간이 얼마나 오래일지 모르니까
지금 이 모습이 얼마나 남았고
또 다른 모습이 언제 찾아와 변하게 될지 모르니까

낯설고 두려워하며 보내기엔
놓치고 나면 아까울 것 같아서

변한다고 해도 사람의 성격이나 전체가
확 바뀌는 건 드물지만

분위기는 엄청 자주 바뀌니까
날씨에 따라 계절에 따라 주변 사람에 따라

그러니 언제 찾아오고 언제 끝날지 모르는
변화에 주춤하고 있지만 말고
조금은 그 모습으로 즐기며 살아보길

자책

자책은 사람을 무너트린답니다

어떤 일이든
그 모든 일들은

당신이 어떻게 했던 일어났을 일이고
어떤 모습으로로든 어떤 시간에서든
한번은 마주쳐야 할 일들이었을 테니까

참 싫어하는 말이지만
그 모든 일들은 어떤 시간에 어떤 모습을 하고서 나타날
'정해진 운명' 아닐까요

그러니 자책하지 마요

**당신의 잘못이 아닙니다
당신은 당신이 할 수 있는 최선을 다했고**

지금은 또 지금의 당신이 할 수 있는 일을 해야죠

자책하고 자신을 몰아세우기엔
당신의 시간은 남아 있고
그 당신의 시간은 멈춤 없이 끝을 향해 가고 있으니까

빈자리

이미 영원이 되어버린 사람들

여전히 달리는 이들은
영원이 되어버린 사람들 몫까지 열심히

그 빈자리는

남아서 달리는 이들
본인 스스로가 채우는 것

언제 어떤 모습이 되어야
이해를 하고
그 빈자리가 채워지는 건지

그것은 아무도 모르지만

영원을 그리워하며 멈춰서선
그 빈자리엔 후회만 가득 채워지지 않을까

아버지의 빈자리는
내가 아버지가 되면 그때쯤

좋은 친구의 빈자리는
내가 좋은 친구가 되면 그때쯤

그 빈자리를 나름의 모습으로 채워
내가 그 빈자리에 들어가면

그때쯤
우리는 알게 되겠지

빈자리를 채워 주던
무게를
소중함을

당신에게

당신에게는 절대로 울지 않았으면 하는
그런 사람이 있나요?

그 사람의 이름을 한번 써보세요

어떤 이유에서든 울지 않았으면 하는
그런 사람들을

_____

지금 적어둔 이름들은
당신 때문에 우는 사람들입니다

당신에게 있어 절대로 울지 않았으면 하는 사람들은
지금 당신을 걱정하며 속으로든 겉으로든
아파하고 울고 있을 테죠

**그러니 우울하게 축 늘어져 있지 말고
일어나 한 걸음이라도 내딛어 보길**

조금만 더 그렇게 나아가 보길

조금만 더

조금만 더

첫 경험

오늘은 매번 처음 겪는 하루이고
내일도 처음이고
어제도 처음이었지

어제의 나랑
오늘의 나는 달라

어제의 너도
오늘의 너도 달라

그런데 어떻게 그 모든 것들을
맞추어가며 살아가

오늘 하루는 내게 처음이라
서툰 하루인데 말야

오늘 하루는 네게도 처음이라
많이 서툰 건 마찬가지인데 말야

그러니 이런 날도 저런 날도 있으니
서로 맘 상하더라도 그러려니 해버려

원래 서툰 일을 할 때는
모두 예민하고 날카로우니까

오늘은 처음이고
그런 오늘을 지나 내일도 처음이야

오늘의 나도 처음이고
내일의 너도 처음이야

그러니 우리는 매일 첫 만남이고
아직 서로가 알아야 할 것들은 산더미 같으니

모두 맞추려고 하지 말고
서로 잘 안 맞다고 실망하지도 말고

처음부터 '잘…'이란 것은 없으니까

사람 : 사람

사람 : 사람

사람의 관계에 있어서는
노력이란 게 필요가 없다

내가 준 만큼 상대방에게 바란다면
그 순간부터 서운함도 미움도 분노도 생겨난다

사람의 관계는 노력하는 것이 아니다

햇빛이 들면 그림자가 생기듯
비 내리면 땅이 젖듯
해가 지면 밤이 오듯

그렇게 자연스럽게 스머드는 것이다

서로의 색으로 서로의 온도로서

불행

언제나 사람들에겐 불행이 쌓인다

어쩌면 사람에겐
"왜 이렇게 행복한 날들만"
보단

"왜 이렇게 힘든 날들만"
"왜 이렇게 불행만 계속되지"
그런 말이 오히려 잘 어울린다

하지만 불행이 고난이 쌓인 만큼
그만큼
안도와 기쁨, 행복이 돌아올 것이다

어쩔 수 없다면 불행마저 즐겨라
다가온 수많은 불행이 무안해 물러나도록

좋은 날

죽어라 일하고 살 만큼 쉬어요

힘들어도 그렇게 지내다 보면

문득 어느 날은

무지 화창하고 즐겁고

그래서 그런 날이 더욱 빛나고

더 좋은 날이 될 테니까

To Me,
Your...

_____''
  ?

To me, Your…

이별을 앞두고 있다면,
인연의 끝자락에 서있다면
자신에게 질문을 해보세요

"그 사람은 나에게…"

과연 그 사람은 나에게 무엇인지를
그래도 보내도 되는 사람이라면
뒤돌아보지 말고 후회 말고 돌아서 걸어가세요

하지만 돌아서서 가버린, 나중에서야 소중하다면
지금도 소중한 사람이니

하지만 돌아서서 가버린, 나중에서야 그리워진다면
지금도 보고 싶은 사람이니

눈을 마주보고서 끝에서부터 다시 함께 걸어가세요

끝은 언제나 정해져있고
끝은 어제도, 오늘도, 내일에도 있습니다
그렇게 늘 끝을 지나치며 계속 나아가고 있습니다

지금 끝을 마주한 그 인연과 함께 말이죠

지금의 서있는 그 곳이 진짜 마지막, 끝이 맞나요?
아직 이어져있을, 또 그냥 지나칠 끝은 아닐까요?

인연의 끝자락에 서있다면, 자신에게 질문을 해보세요

"To me… Your… 나에게 당신은…" 하고서

아마 그 사람은 당신에게 커다란 의미일 테죠

인연의 끝자락에서 다시 한 번 생각해보세요

"나에게 그 사람은…" 하고서

Page

잘 넘어가던 책의 모서리에
베여 쓰라린 상처처럼

그렇게 늘 지나가다 문득 갑자기
그렇게 찾아오는 상처

하지만 곧잘 다시 책을 넘겨갑니다

그렇게 다음 페이지로
그렇게 또 다른 책으로

조금 베인 쓰라린 상처가 또 생기더라도
그러니 무서워 말고 아파하지 마세요

바로 뒤에 다음 페이지가 있고
넘겨 가야 할 책은 얼마든지 있으니까

잠깐 쓰라린 상처에 너무 아파하지 마세요

그렇게 다음 페이지로 넘어가세요

보고, 듣고, 말하기

들어줄 귀가 없다면 말하지 마라

거짓 잔뜩 섞여 달달해진
당신의 말은 구리다 못해 역겨우니까

진심을 말하지 않는다면 듣지 마라

가까이 있는 것인지 멀리 있는지 구별 못하는
당신의 안경은 맹인의 어둠보다 못하니까

찾을 수 없다면 보지 마라

아름다움을 볼 줄 모르는 당신은 어딜 가든
다 똑같은 반응 다 똑같은 감정만 느낄 뿐이니

진심이 담긴 말을 듣지 못한다면 말하지 마라

진심을 들을 줄 모르는 당신의 입에선
점점 커져만 가는 포장지 같은 거짓들뿐이니

진심을 담은 말을 하지 못한다면 듣지를 마라

진심을 전할 줄 모르는 당신의 귓가엔
선인의 진심도 악인의 유혹도 구별하지 못할 뿐이니

사람의 본연이 아름다움을 보지 못한다면 보지를 마라

겉만 보고 반응하는 당신의 입에선
누구나 내뱉는 감탄사뿐,
본연의 물가에 물결조차 일지 않으니

진심을 들을 줄 알았다면 진심으로 말을 건넬 텐데

진심을 담아서 말했다면 마음으로 들어 주었을 텐데

겉모습이 아닌 그 속에 담긴 아름다움을 찾아 주었다면
지금의 당신 곁엔 가장 아름답고
하나뿐인 보석이 있을 텐데

그래서 사람과 사람이란 어려울 뿐

그래서 사람과 사랑하는 건 힘들 뿐

그래서 곁에 있는 사람이 소중한 것

그래서 사랑하는 사람들이
곁에 있는 사람들이 아름다운 것

넌 상상할 수 있겠니?

넌 상상할 수 있겠니?

어마어마하게 큰
사랑을 받게 된다면

어마어마하게 많은
재산이 생기게 된다면

어마어마하게 소중한
친구가 함께하게 된다면

넌 상상할 수 있니…?

오직 너만이 할 수 있는 사랑을
오직 한 사람에게 다 바치는 걸

오직 네가 평생을 바친 재산을
다른 누군가를 위해 사용하는 걸

오직 너만이 다른 외로운 누군가의
친구가 되어 웃으며 살아가는 걸

넌 상상할 수 있겠니?

앞으로 펼쳐질 예측할 수 없는
수없는 기쁨 행복 슬픔 아픔들을

그럴 수 있는 거지 뭐

웃다가 울 수도 있는 거지 뭐

울다가 웃을 수도 있는 거지 뭐

웃는 표정을 지으며
입꼬리가 내려갈 수도 있는 거지 뭐

슬픈 표정을 지으며
입꼬리는 올라갈 수도 있는 거지 뭐

안 어울릴 것 같아도 이상할 것 같아도
그래도 다 그렇게 어울리는걸

꼭 그러란 법은 없는 거니까
꼭 정해진 대로 따라가지 않아도 되니까
꼭 그렇게 정해지지 않았으니까

그러니까 걱정하지 말고
조금은 솔직해져도 되지 않을까

꼭 그러란 법은 없는 정해진 것 하나 없는
답 없는 세상에서 살아가는 중이니까

답 없는 정해진 것 하나 없는 세상에
살아가고 있는 사람들이니까

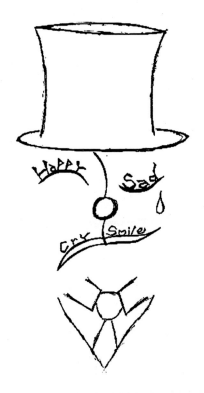

언제나 눈앞에

눈으로 쫓아가 찾아내면
그곳엔 진실이 있고,

마음으로 쫓아가 찾아내면
그곳엔 진심이 있다

아무리 눈으로 쫓아도
보이지 않는 진심은

아무리 피하려 해도
보이는 법이고

아무리 찾으려 해도
보이지 않는 진실은

아무리 무시하려 해도
눈앞에 나타나 있는 법이다

눈으로 쫓는 진실과
마음으로 쫓는 진심은

언제나 그렇게 바로 앞에
모습을 나타내고 있다

말도 안 되는

비가 아래서 위로 올라가요
해가 차갑고 어두워요
달이 뜨겁고 밝아요
사람들이 거꾸로 매달려 하늘을
걸어 다니고 있어요
사람들이 웃지 않고 말을 해요

말도 안 되는 이야기지만
정말 그래요 웃긴 이야기죠?

근데 더 말도 안 되는 세상 속에
살아가고 있는 우리랍니다

그래서 그 말도 안 되는 일들에
아프기도 행복하기도 다치기도 하며
웃고 울고 그렇게 살아갑니다
말도 안 되는 세상에서 말이죠

이 말도 안 되는 세상에서
모두 그렇게 살아갑니다

정말 말도 안 되는 일이 가득한
이 말도 안 되는 세상에서 말이죠

흑과 백

흑백마냥 정반대인 사람들

어떤 사람들은 누구와도 잘 맞게
어떤 사람들은 누구라도 피하게

둥근 모습으로 다가오고
모난 모습으로 다가오고

어떤 사람에게는 둥글고
어떤 사람에게는 모나고

모두들 흑백의 모습을 가지고서

좋아하는 사람에겐 백색의 모습으로
싫어하는 사람에겐 흑색의 모습으로

한없이 따뜻하다가도 한없이 차가워지고
한없이 웃다가도 한없이 굳어버리고

그렇게 살아가고 있지 않은가요?

자신도 모르게 좋은 사람, 싫은 사람
구별해두고 구분해두고 분류하고선

혹과 백을 넘나들며
때론 진심으로 칠하고선
때론 가식으로 칠하고선

그렇게 살아가고 있지 않은가요?

흑백과 같은 정반대의 모습을 가지고서

그렇게 살아가다 그렇게 지내다보면
어느새 도화지는 검게 물들 텐데
어느새 도화지는 흑색으로 바뀔 텐데

진심을 잃기 전에, 가식만 남기 전에
따뜻함을 잃기 전에, 차가움만 남기 전에
웃음을 잃기 전에, 눈물과 아픔만 남기 전에

우린 백색의 도화지 위에
흑색을 칠해가며
흑백의 정반대의 모습을 가지고

그렇게 살아가고 있지 않은가요?

조금만 기다리면

흐린 하늘이 지나고 있다는 건
맑은 하늘이 다가오고 있다는 것

검게 물든 구름이 흘러간다는 건
새하얀 구름이 다가온다는 것

그렇게 언제나 조금만 기다리면
흐려진 기분도 맑아진다는 것

비와 천둥 없이도 지나가는 흐린 하늘처럼
짜증내고 화내는 걸 하지 않아도
흐려진 기분도 어느새 맑아진다는 것

오늘 같은

오늘 같은 하늘은
오늘밖에 못 본다

비슷한 하늘일지라도

비슷한 그림이라도

오늘 같은 하늘은,
오늘 같은 감동은

내일도 모레도
어떤 하늘이 찾아와도

오늘밖에 못 본다

**지금 옆에 있는
이 소중한 것들처럼**

**지금 옆에 있는
이 소중한 사람처럼**

짐의 무게

짊어진 짐의 무게는 모두가 버티기 힘든 법
그게 작던 크던, 모두가 힘든 법
하지만 짐을 대면하는 방법이 다를 뿐이다

짐의 아래에서 힘들게 버티며 살아가느냐
짐의 위에서 편하게 즐기며 살아가느냐

아래에서 땅만 보며 힘들어 지쳐가는 사람도 있고
위에서 하늘을 보며 상쾌한 공기를 마시는 사람도 있다

힘든 만큼 쓰러지지 않을
튼튼한 두 다리를 가지는 사람도 있고,
편함에 취하여 아래로 떨어져
모든 것을 잃는 사람도 있다
그 무게에 무너져 짐에 묻혀 버린 채
살아가는 사람도 있고,

짐의 위에서 좀 더 멀리 보며
나아가는 사람도 있다

짊어진 짐의 무게는 모두가 버티기 힘든 법이다
힘들어 우는 사람, 힘든데 웃는 사람
다만 어떤 마음으로 그를 대면하느냐가 다를 뿐이다

너무 그에 눌려 지쳐버리지도
너무 외면하여 잃지 않길

그렇게 모두 힘든 시간들을 이겨내기를

하루의 이유

죽을 만큼 힘들어도, 살 만큼은 행복하니

그래도 웃음나더라, 그래서 웃어지더라

그러니 살아지더라, 그렇게 살아가더라

아직 난 살아있더라, 여전히 살아가더라

살아있으니 좋더라
살아보니 보이더라
살아야만 느끼더라

그것들이 소중하더라
그것들을 위하더라

그게 내 하루의 이유더라

나름

이것저것 하다보면
나름 나쁘지 않은 것이 삶

나름 즐거운 것도 삶

그래서 살 만한 것이 삶

그래서 역시나 맞이하는 오늘

그런 오늘을 살아가는 중입니다

나쁘지도 않고 나름 즐거운

그래서 살 만한 오늘을 말입니다

꽃이라고

꽃이라고 예쁠 이유가
꽃이라고 향기로울 이유가
꽃이라 하여 그럴 이유가
그럴 이유가 없고, 그럴 필요도 없다

꽃이라서 예쁘고, 꽃이라서 향기로운 건
그런 것은 없다

남자라서, 여자라서
가족이라, 연인이라
친구라서, 동료라서

그런 것은 없다

정해지지도 답이 있지도

아름다울 수 있다면 누구나 아름답고
향기로울 수 있다면 누구나 향기롭고

모두가 꽃이라 하여

예쁠 이유는 없고
향기로울 이유도 없다

그런 것은 없다

La Vie En Rose

장밋빛 인생

당신의 장미는 무슨 색인가요?

때로는 어둠 속을 헤매기도

때로는 가슴 뜨거운 사랑 속을 헤매기도

때로는 가슴 찢어진 듯한 아픔 속을 헤매기도

때로는 말도 안 되는 일들이 눈앞에 펼쳐지고

그렇게 흘러가며 제 장미는 피어납니다

그게 장밋빛 인생 아닐까요?

아프고 어둡고 뜨겁고 슬프고
말도 안 되지만 달콤하고 향기로운 것이

인생, 삶

그게 사람 살아가는 거 아닐까요?

OUTRO

Life

—•—

삶에 지친 사람들에게

행복을 등지지 않고선
행복을 볼 수 없다.

그러니 당장의 눈앞에 마주한 비바람에
멈추지 말고 앞으로 나아갈 것.

그렇게 비바람을 지나고 태양이 등을
밀어주면 그땐 눈앞에 무지개가 피어날 테니.

행복을 등지지 않고선
행복을 볼 수 없다.

그렇게 비바람에 멈춰서는
무지개를 만날 수 없다.

누가 이래라 저래라
대신 살아 주는 것도 아니면서
왜 그런 이야기들에 상처받고 신경 쓰고 고민했는지

그럼 자신에게 물어본다
지금 가장 하고 싶은 건 무엇인가?

남이 하는 이야기 신경 쓰지 말고
그냥 순수하게 생生 날 것 그대로의 내가 하고픈 것

가끔은 그 답을 찾고, 그것을 하는 것이
진짜 사는 것이고, 즐기는 방법이다

A Clown Story···The 1st Letter
To Kidult... "Life"

Epilogue

——•——

"당신에게 인생은 무엇입니까?"

"이제 겨우 스무 살 조금 넘은 네가 무슨 인생을 말하냐?" 그런 이야기를 많이 들었습니다. 맞습니다. 아직 저는 '인생'이란 단어를 말하기엔 한없이 어리고 얕은 사람입니다. '인생'을 말할 자격을 살아온 시간으로 준다면 말이죠.

누구나 즐길 수 있는 것. 그게 '인생' 아닐까요. (형용사적으로) 어른이나 어린이 모두가 즐길 수 있는. Kidult··· 어른아이도 어른과 아이 모두 즐길 수 있는 것.

그게 전 '인생'이라는 단어라고 생각합니다. 그런 인생을 위 질문처럼 '무엇이다'라고 정할 수 있을까요? 그건 불가능이라고 생각합니다. 다 각자 답이 다를 테고 의미도 그 무게도 다 다를 테니까요. 하지만 다 다른 모습을 한 인생에도 공통점이 있습니다. 오르막과 내리막이 있고 사람이 변할 만큼 특별한 사건, 전환점이 있었고 최고 정점까지 오르기도 했지만 처음 시작했던 바닥 그보다 더 밑 깊숙한 우울함까지 떨어지기도 하고 때로는 왔던 길을 되돌아가지만 이내 다시 앞으로 그렇게 나아가는 모습들. 모두의 인생에는 그런 모습들이 담겨있습니다.

제가 생각하는 '인생' 혹은 '삶'은 '기본의 씨앗은 같지만 그 씨앗이 자라 어떤 꽃, 나무가 될지 어느 누구도 알 수 없는 것' 이라고 표현하고 싶습니다. 그러니 실패를 두려워 마십시오. 무너짐, 그 곳이 끝이 아닙니다. 올라간 만큼 내려와야 하고 떨어진 만큼 다시 올라갈 수 있습니다. 올라야 할 절벽 위보다 가끔은 발붙일 바닥이 필요하니까. 바닥이 있다면 그 곳에서 잠시만 쉬십시오. 잠시 쉬며 숨을 고르세요. 더 높이 올라가야 할 테니까.

아프지 마라. 슬퍼하지 마라. 우울해 마라. 당신에게 그런 말을 할 자격은 제게 없습니다. 그러니 아프면 아픈 만큼, 슬프면 슬픈 만큼, 충분히 아프고 슬퍼하십시오. 그런 뒤엔 다시 일어나 걸어가십시오.

바닥까지 떨어졌다면 당신의 인생 그래프는 그 바닥이라 생각하는 곳에서 '지금부터' 오르기 시작했으니까요.

　그런 당신에게 추천해봅니다. 오르고 내리고 떨어지고 다시 오르고 조금 변하더라도 함께할 수 있는 사람과 함께하기를 추천합니다. 책의 첫 부분에서 말했듯이 "기쁨은 나누면 배가 되고, 슬픔은 나누면 반이 된다." 이 말처럼 기쁨도 슬픔도 나눌 사람이 있다는 것은 답 없는 '인생'이란 단어에 그 끝을 알 수 없는 레이스에 성공 혹은 생명을 부여하는 일이라고 생각합니다. 저는 운 좋게도 앞으로의 남은 제 삶을 함께 하고픈 사람들을 이미 만났습니다. 언제나 든든하게 지켜주고 서로 응원해 주고 힘들면 기대고 기쁠 때 함께하며 떨어져있어도 곁에 있는 듯한 사람을 말이죠. 조금 어두운 제 시간들 속에 '인생'이란 단어의 끝을 마주하려 했을 때 앞으로의 이유가 없는 날 감싸주었고 살아갈 이유를 만들어준 두 사람. 그 두 사람이 있어 좀 더 열심히 하루를 살아갑니다.

　그러니 당신에게도 추천해봅니다. 얼마나 남았는지 모르는 '인생'이란 단어의 끝까지 함께 웃고, 울고 그렇게 살아갈 사람을 찾는 것을 말이죠. 오르다 지치면 같이 잠깐 쉬기도 하고 내려가는 길 험하면 같이 천천히 내려가고 떨어질 때 붙잡아 주고 무너질 때 곁을 지켜줄 수 있는 변한 내 모습도 받아줄 수 있는 사람과 함께 하는 것을 말이죠.

그런 사람을 찾는다는 것은 쉬운 일이 아닐 겁니다. '인생'이란 단어의
답을 찾는 것과 함께 영원한 숙제일 테죠. 그래도 그런 사람을 찾아
함께 나아가길 바랍니다. 혹 이미 곁에 있다면 그 사람 놓치지 않게
꼭 붙잡아두길, 서로를 보며 함께 걸어갈 수 있기를 바랍니다. 당신의
하루가 그리고 내일은 더 웃을 수 있기를 바랍니다. 어제보다 오늘이,
오늘보단 내일이 더 성숙할 수 있는 어른으로서 오늘보다 어제가, 내
일보단 오늘이 더 즐거울 수 있는 아이로서 말이죠. 그런 '어른아이'로
서 말이죠.

지금까지 이야기를 나누어 주어 감사합니다. 이젠 제가 아닌 당신
이 들을 차례입니다. 당신의 마음에 귀 기울여 들어보세요. A Clown
Story, The 1st Letter. 마칩니다.

감사합니다.